문 열어라 하늘아

서정시학 시인선 |002|
오세영 시집

2006년 3월 24일 초판 1쇄 인쇄
2006년 3월 27일 초판 1쇄 발행

지은이 / 오세영
펴낸이 / 김구슬
펴낸곳 / 서정시학

주소 / 서울시 성북구 동선동 1가 48 백옥빌딩 6층
전화 / 02-928-7016
팩스 / 02-922-7017
이메일 / poemq@dreamwiz.com
출판등록 / 209-07-99337

ISBN 89-957914-0-3 03810

값은 뒤표지에 있습니다.
잘못된 책은 바꾸어 드립니다.
도서 공급은 도서출판 해토(02-333-6127)에서 합니다.

서정시학 시인선|002|

문 열어라 하늘아

오세영 시집

서정시학

_서시

자화상

전신이 검은 까마귀,
까마귀는 까치와 다르다.
마른 가지 끝에 높이 앉아
먼 설원을 굽어보는 저
형형한 눈,
고독한 이마 그리고 날카로운 부리.
얼어붙은 지상에는
그 어디에도 낟알이 보이지 않지만
그대 차라리 눈발을 뒤지다 굶어죽을지언정
결코 까치처럼
인가(人家)의 안마당을 넘보진 않는다.
검을 테면
철저하게 검어라. 단 한 개의 깃털도
남기지 말고……
겨울 되자 온 세상 수북이 눈은 내려
저마다 하얗게 하얗게 분장하지만
나는
빈 가지 끝에 홀로 앉아
말없이
먼 지평선을 응시하는 한 마리
검은 까마귀가 되리라

목 차

1부

2부

3부

4부

1부

개화

늦여름밤,
뇌우(雷雨)를 동반한 폭우가 갑자기 쏟아지면서
창밖에
— 번쩍 —
벼락이 친다.
곤히 잠든 울목의 난초가
화들짝 놀라
눈을 치켜뜬다.

반딧불이

수미산,
정상까지 오르려는 것일까.
평생 마음을 비우고 청정하게 살아온
납자(衲子)하나
연등을 밝혀
색계(色界), 무색계(無色界)를 건너고 있다.
오늘도 무명(無明) 속 중생들은
아비규환인데
온 산 벌레들 와글와글 울어대는
초여름 어느 밤하늘,
허공에
반짝이며 빛을 긋는 암흑 속 반딧불이
하나.

입동(立冬)

으스스 찬바람이 분다.
지축을 울리는 말발굽소리*
까옥까옥
까마귀의 트럼펫이 울리고
온 산 일제히
색색의 종이들을 날리는데.
마른 나무처럼 도열해 지켜보는 군중 사이로
이제 막 진군을 시작한
점령지의
동장군(冬將軍).

* 지용은 시 「향수」에서 바람소리를 들을 달리는 말발굽 소리로 표현한 바 있다.

녹음

먼 들에서부터
차츰 연녹색 파도가 일기 시작하더니
갑자기 밀어닥친 해일,
산등성을 넘어서
우뚝 버티고 선 능선의 절벽까지
단번에 후려갈긴다.
와르르
난파된 목선의 마스트마냥
고목 한 그루
간신히 비탈에 걸려 있는데
어느새 차올랐을까,
온 산 벙벙히 출렁대는
물.

백담사 시편

1. 봄

이른 아침
꾀꼬리 울음에 눈을 뜨자
온 도량이 부산하다.
까치는 비질하고, 촉새는 먼지 털고,
물총새는 물 나르고
뒤늦게 온 멧돼지가
씩씩거리며 길을 닦는다.
산(山)어머니 딸들을 데리고
꽃 공양을 오시는 날,
뜰 앞 잣나무는 남몰래
가슴 두근거리는데
정작 이 절 회주는
무사태평,
아직도 침상에서 취침 중이다.

2. 여름

여름의 백담사는
스님 대신
흐르는 계곡물이 염불을 한답니다.
그 철엔 관광객이 어찌나 많던지
법당, 선방(禪房), 요사체 할 것 없이
온 절을 점령하여 북새통을 이룸으로
그 등쌀에
스님들은 아예 절을 버리고
깊은 산중 수행처로 피신한 때문이지요
그래서 할 수 없이
도량 앞을 흐르는 맑은 계곡물이
돌들을 목탁 삼아 두드리면서
"마하반야 바라밀다……"
온종일 독경을 한답니다.
그 중 간혹 깨달음을 얻은 자는
아상(我相)을 버려 밋밋해진 돌들이
부처의 법신(法身)임을 눈치 채고
하루 종일
자갈밭에 돌탑을 쌓기도 하구요.

지금도 그 곳에
수백 개 돌탑들이 서 있는 이유인즉 모다 그렇지요.
그래도 백담사 계곡물은 여전히
"돌돌돌" 혹은
"졸졸졸" 하지 않고
"마하반야 바라밀다……"로
흐른답니다.

3. 가을

백담사(白潭寺) 무금선원(無今禪院) 다락에 앉아
가을 산과 대좌하여 홀로
차를 마실 땐
냉수 한 사발로 족하답니다.
선방 창 앞의 베롱나무가
곱게 단풍이 들면
언제나 박새 한 마리가 날아와

몰래 차 시중을
들어주기 때문이지요.
어디선지
냉큼 찻잎을 물어오고, 약초를 물어오고,
가끔은 하늘도 한 잎 물고 와서
사알짝 찻잔에 띄워주지요.
훌륭한 선지식(禪智識)은 아예 못 본 체
나 같은 무식에게만 늘
그렇답니다.

4. 겨울

우지끈
설해목(雪害木) 쓰러지는 소리에 놀라
잠 깨어 문뜩 귀를 기울여 본다.
달빛에 젖어
봉창에 어리는 부처의 법신(法身),

창문을 열자 아아,
뜰의 전나무 한 그루
새하얀 눈밭에 홀로 서서 화안이
이쪽으로
그림자를 드리우고 있다.
산이 조용하게 내 손목을
잡아준다.

은산철벽(銀山鐵壁)

까치 한 마리
미루나무 높은 가지 끝에 앉아
새파랗게 얼어붙은 겨울 하늘을
엿보고 있다.
은산철벽(銀山鐵壁),
어떻게 깨트리고 오를 것인가.
문 열어라, 하늘아.
바위도 벼락 맞아 깨진 틈새에서만
난초 꽃 대궁을 밀어올린다.
문 열어라, 하늘아.

제자리

급류(急流)에
돌멩이 하나 버티고 서 있다.
떠밀리지 않으려고 안간힘 쓰며
제자리를 지키고 있다.
떠가는 꽃잎처럼,
풀잎처럼
흐르는 물에 맡기면 그만일 터인데
어인 일로 굳이 생고집을 부리는지.
하늘의 흰 구름 우러러보기가
가장 좋은 자리라서 그런다 한다.
이제 보니 계곡의 그 수많은 자갈들도
각자 제 놓일 자리에 놓여 있구나.
아서라.
일개 돌멩이라도
함부로 옮겨서는 아니 될 듯.
뒤집을 일은 더욱 아니 될 듯.

아득히

봄이 온다는 것은
누군가 이름을 불러준다는
것이다.
새록새록 눈 녹는 소리에
여기저기 언 땅을 밀치고 솟아나는
새순들.

봄이 온다는 것은
누군가 흔들어 깨워준다는
것이다.
바람에
하나씩 눈뜨는 나무의
잎새들,

봄이 온다는 것은
누군가를 그리워한다는
것이다.
아른 아른 취해
아지랑이 먼 하늘 황홀하게 우러르는

꽃들의 눈빛,

봄이 온다는 것은
아득히 누군가를 사랑한다는
것이다.
가지에 물오르듯 아아,
초록으로 번지는 이
슬픔.

유월은

푸른 하늘이
종다리의 연인이듯,
맑은 호수가
꽃사슴의 연인이듯,
바람은
장미의 연인이다.
울안이 싫어
담을 타고 밖으로 밖으로만 싸고도는
넝쿨장미의
화냥기, 그
입술을 간질이는
샛바람.

잎새

나무가
생애를 바쳐 피워 올리는 것이
꽃이라고 하지만,
나무가 목숨을 던져 맺혀 올리는 것이
열매라 하지만
아니다.
그의 마지막 결실은 아무래도
한 장의 메마른 잎새.

엽맥(葉脈)으로 새겨 넣은
산맥(山脈)과
색색으로 물들인 등고선(登高線),
강이 흐르는 엽편(葉片)엔 잘 정리된 들과
실핏줄처럼 달리는 길도 보인다.

낙엽은 목숨의 지도(地圖),
내세(來世)로 가는 한줄기 황톳길을 찾기 위하여
나무는
혼신을 기울여 오늘도 맨몸으로

거친

바람과

뜨거운 태양 앞에 선다.

봄 과수원

그새 어디 숨어 있다가
다들 이렇게 모였을까,
'앞으로 나란히'
손들을 쭉 뻗고 열 지어 선
여린 배꽃들.
대견스럽게 지켜보는 학부모들의 시선이
밝다.
다홍치마 진달래, 노랑회장저고리
개나리, 분홍 두루마기를 걸친
벚꽃들…….
어느새 그렇게 컸을까,
겨울 지나 푸르른 봄
3월,
가슴에 하얀 손수건을 하나씩 차고
초등학교 운동장에 열 지어 선
배꽃 아이들,
'앞으로 나란히'

눈과 눈을 마주한다는 것은

눈과 눈을 마주한다는 것은
하나의 우주를 연다는 것이다.
마른 가지 끝에서 틔우는 새 눈이
바라보는 그
황홀한 빛들의 세계,
어디 꽃들뿐이겠는가.
자정에 깨어
밤하늘의 별들을 바라보아라.
어떤 놈은
첨벙 바다에 빠져 진주를 키우고
어떤 놈은
도르르 이슬로 굴러 꽃잎을 벌게 하고
또 어떤 놈은
반짝 유성으로 흙에 묻혀
찬란하게 금강석을 굽느니
눈과 눈을 마주한다는 것은
우주에
등불 하나 밝혀든다는 것이다.

창문

아침에
잠에서 깨어나 우리가 맨 먼저
창문을 열듯
겨울을 지새운 목련도 맨 먼저
창문을 연다.

꽃은 우주의 창,
그 창 너머로 보이는 인간의 삶은
바람이 차지만
내다보는 눈빛은 따사로웁다.

일어나 창문을 연다.
아, 경이로워라.
활짝
꽃망울 터뜨리는 뜰의 백목련
한 그루

그 황홀하게 열린 우주 앞에서
살아 있음은

설령 그것이 홀로일지라도 진정
아름답구나.

2부

눈빛

내 눈 안에 들어야
비로소 우주인 것을
홀로 있단들 어찌 그것이 참다운
있음이랴.
내 오늘 문득 나를 바라보는 네 맑은 눈동자를 또한
보거니
네 눈동자에 글썽이는 눈물이 바로
별이었구나.
무심하다 탓하지 마라.
흙에 묻힌 바위도
넌지시 난초 꽃대궁을 밀어 올려
그윽히 그의 하늘을
바라보지 않던가.
진실로 있고 없음은
살고 죽음에 매어 있음이 아닌 것을.

하늘 길

걸어서 간다 하지만
앉아서 걷는 길도 없지는 않다.
천 년을 하루같이 앉아 있는 벼랑 끝 바위,
한 줄 한 줄
금으로 새긴 지도를 가슴에 안고
오늘도 먼 길을 가고 있구나.
벙어리여,
벙어리여,
귀머거리여,
천둥 벼락 맞아 내 가슴에도 금이 가면
그대 하늘 문 열어줄까.
스스로 깨어져야 비로소 눈을 뜨는
청맹과니여.

베토벤

백색의 침묵이라는 말이
더 적절하다.

고음의 빨강,
저음의 파랑,
중간의 노랑,
색계(色界)에선 무색(無色)도 색(色)이다.

백지로만은 안 된다.
색이 없는 한 장의 종이를 다오.
오직 그 허무 속에서만 나는 진정
세계를 그릴 수 있다.
불꽃처럼 타오르다 별빛처럼 스러진
이 지상의 한 송이 꽃,
추락밖에 없는 하늘의 슬픔은 항상
푸른색이다.

빨강, 파랑, 노랑의 물감을 풀어
오선지에 그림을 그린다.

멜로디의 형태,
소리의 색채,
강약의 원근,

그리고 한순간의 여백,

그 절대의 침묵 속에서
들리지 않는 귀를 통해 바라보는
한 인간의
'운명'.

처녀지

백지는 흔적으로 존재하는 것,
백지에 글을 쓴다.
흰 포말을 남기며 바다를 긋는 그의 항해,
선수(船首)는 미지의 대륙을 향했다.
그것은 신(神)이 쓰는 한 줄의
서사시.
그러나 항상 평온한 바다만은 아니다.
미구에 폭풍이 몰아치고 해일이 일고
난파 직전……
간신히 무인도에 표류해 닻을 내리는
퀘스천마크.
또 백지에 글을 쓴다.
쟁기로
빈 들판 가로지른 한 이랑의 향기,
뿌리는 씨앗은 강 건너 별빛들이다.
그것은 신(神)이 쓰는 한 줄의
서정시.
그러나
항상 온화한 대지만은 아니다.

미구에 눈보라 몰아치고 무서리 내리고
간신히 거둔 몇 리터의 보리와
밀의 피리어드.

백지는 원고지만이 아닌 것,
시 또한
시인만이 쓰는 것은 아니다.

맥박

잊고 있으나
홀로 되면 문득 들리는
그 소리,
저벅저벅……
끈질기게 내 뒤를 쫓는 이 있어
돌아보면
길섶의 민들레가 노오랗게 웃고
돌아보면 또
강변의 갈대꽃이 하얗게 울고
산 넘고 물 건너
이제는 길도 다 끝나가는데
마른 갯벌 너머 수평선만 아득히 흔들리는데
저벅저벅……
어느새 다가와 내 목덜미를 쥐는
큰 손 하나 있어
내 심장에서 울리는 그 발자국 소리.

명품

명품은
소리가 맑아야 한다.

먼저 가만히 튜닝을 해보는 현(弦)
소리에는 깊고 옅음이 있다.

도 이마
레 귓불
미 입술
파 목덜미
솔 가슴
라 배꼽
시 히프
다시 도는 다리

누구나 가슴에 안아 다리로 휘감고 켜는 악기, 보케리니 첼로 협주곡 B 플랫 장조,
제2악장, 아다지오 논 트로포.

때로 흐느끼는 듯, 때로 절규하는 듯,
때로 신음하는 듯……
클라이맥스에서 드디어 터지는
그 격렬한 감창(甘唱).

편지

연필로 편지를 쓴다는 것은
다만 종이에 글자를
적어 넣는다는 것만은 아니다.
하얀 백지를 가슴으로 안아 어르고, 매만지고
쓰다듬으며 쓰는 글씨,
따뜻한 손으로 감촉하며 쓰는 글씨,
싫어하면 살살 달래 지우고 다시 쓰는 글씨
아, 그러나 나는 지금 언제부터인가
워드로 톡톡 치고 두들겨서 편지를
쓴다.

금고의 돈을 꺼내기 위해서도
이리저리 다이얼을 부드럽게 애무하면서
철문을 열지 않던가.

무소유(無所有)

길을 걷다가
무심히 발에 채인 빈 콜라켄
한낱 쓰레기라고 말하지 마라.
그는 한때 생의 충만에 다다랐으며
후에는 모든 것을 이웃들에게 베풀고
이젠 무소유로 돌아왔거니
사는 동안 단 한 번도
탐욕에서 벗어나 본 적이 없는 그가
우리에겐
차라리 도반(道伴)은 될지언정 어찌
폐품이 될 수 있겠느냐.
삶이란 무(無)로 돌아가는 길.
길을 걷다가
무심히 구둣발에 채인 빈 콜라켄 하나도
아름다운 인연이구나.

와인을 들며

고달픈 하루의 일과를 마치고
돌아와 잠자리에 들
지금은,
상큼한 커피가 아니라
가볍게 한 잔의 술을 대할 시간
이 한밤의 숙면을 위하여
와인을 든다.
욕망과 격정의 한낮은 지났다.
거친 심장의 박동을 넘어서
실핏줄 아련히 적셔오는
잠,
아늑한 영혼이여,

한 생의 어둠을 앞에 두고
밖엔 하염없이 가을비 적시는데
피곤한 대지도 술기운에 젖어
몽롱히 깊은 잠을 청하는데

꽃병

실내가 화안하구나.
크리스털 꽃병에 꽂힌
한 떨기 글라지오라스,
누구의 손에선가
꺾인 꽃이라고 비웃지 마라.
우린 이제껏 아무도 따뜻하게
이웃의 손목을 잡아준 적이 없나니
겨울도 아닌데
추위에 떠는 마음이 있어
살얼음에 지친 영혼이 있어
그를 위해 스스로 자신을 불태워 사위는구나.
꽃은 물로 타오르는 불,
꽃병은 한 무더기 불을 품은 화로.

강설(降雪)

누가 일컬어
백색(白色)의 파시즘이라 했던가

온 천지 이데올로기로 하얗게 하얗게
얼어붙었다.
기온의 급강하
수도관이 깨지고 보일러가 멈췄다.

출근길에
차의 시동이 걸리지 않는다.
동파된 라디에이터,

과열을 제어하지 못해
문득 서버린 내 생의 엔진.

풍장(風葬)

외진 공원길에 버려진
한 토막의 구리줄,
녹슨 쇠붙이라고 짓밟지 마라.
한때는
64메가 디램 컴퓨터 메모리칩의 연결선이었을,
한때는 대형 냉장고의 모터 동력선이었을
그의 생애는
활기차고 아름답고 화려하였다.
그러나 누구나 인생이 그러한 것처럼
고전압에 벌겋게 달아올랐던 열이
단전(斷電)으로 싸늘하게 식어버린 후
한 삶의 영욕은 얼마나 덧없던가
이제 제 갈 길을 찾아
피곤한 육신 비로소 안식을 찾았나니
따뜻한 햇빛과 맑은 바람과 순결한 풀잎에 안겨
한 줌 흙으로 돌아가는 그의 풍장을
우리는 외려
경건히 모셔야 할 일이다.

속죄

때를 벗긴다는 것은 곧
죄를 씻는다는 것
인간은 가끔 목욕을 해야 한다.
토끼, 노루, 사슴, 꽃뱀, 호랑이……
짐승들도 목욕을 하는 것일까.
는개 나리고 오늘은 유달리
안개가 짙은 날
열탕의 가득 서린 수증기에 몸을 가린 채
한나절 숲 속에선 짐승들 때밀이가 한창이다.
인간을 유혹하여 에덴에서 내쫓은 죄,
욕망을 부추겨
끝없이 불행에 빠트린 죄,
자신만이 보는 저 푸른 하늘, 밝은 햇빛 가슴이 저려
안개 자욱이 끼는 날은
짐승들이 인간에게 속죄하는 날.

산다는 것은

산다는 것은
가슴에 새 한 마리 기르는 일일지도
모른다.
날려야 될 그 한때를 기다려
안으로 소중히 품어 안은
새,

산다는 것은
먼 박명의 하늘을 날아
암흑을 건너가는 일인지도 모른다.
가둘수록 더 찬란하게 예비된
그의 비상.

이른 봄,
목련 가지에 옹기종기 모여 앉은 병아리 떼가
꽃망울 터지는 순간을 노려 나래 치듯

반짝,
성냥불처럼 밝히는 생의 불꽃 속에서

육신을 벗고 날아오르는 한 마리 새를 내 오늘
문득 본다.

목성이나 토성엔

새벽 산책길에서
살모사가 개구리 한 마리를 잡아
입에 삼키는 것을 보았다.
어제 저녁에 나도
꽁치 한 마리를 통째로 구워먹지 않았던가.
하나의 생명을 먹고 사는 다른 또 하나의 생명
죽은 자는 죽인 자의 어머니,
이 무참하게 저지른 죄를 씻기 위해 산 자는
식사 후 항상
물로
자신의 내장을 헹구어낸다.
아무도 살지 않은 목성이나 토성엔
물도 필요 없지 않던가.

심야(深夜)

스스로 풀어져야만
섬유에 촉촉이 스며서 때를 씻는
비누처럼,
스스로 풀어져야만
신경에 올올이 베어드는
설탕처럼
풀어지지 않고서는 그 누구도 무엇을
어찌할 수 없다.
만져볼 수 있다면 사랑은 아마도
액체일지 모른다.
이성은 고체,
대낮이 스스로 풀어져
액체가 되는 심야에
설탕을 진하게 풀어
한 잔의 커피를 든다. 아, 이제
노동의 시간이 가고 지금은
사랑을 해야 할 시간.

3부

가석방 죄수들

지하철역 자동판매 부스,
티켓을 사기 위해
지폐를 환전한다.
단추를 누르자
와르르 일시에 밖으로 쏟아지는 까까머리
동전들.

교도소 담장 밖에서
아직은 햇빛이 서먹한지 고개를 갸웃거리는,
막 출소한 형집행정지
가석방 죄수들.

화폐

중앙은행에서
일사분란하게 한 묶음씩 발급되어 나온
초록 유니폼의 지폐들,
각자 신속히 주둔지로 떠난다.
영관급은 만 원,
위관급은 천 원,
사병급은 십 원
방어선을 보강하기 위한
환투기,
적진을 탈환하기 위한 긴급
대출,
위폐다! 병적 조회에서 드러난
간첩,
그러나 지금 우리 경제는 몇 년째 인플레이션이다.
미구에 예상되는 화폐개혁,
쿠데타!

키스

마약(痲藥)은
아무데서도 그 성분이 변치 않으나
술은 항상 밀봉된 병 속에서만
제 맛을 지키는 것
마시기 위해선 누구나
손으로 마개를 따야 한다.
아찔하고 어지러워라,
전신으로 퍼지는 그 황홀
그러나 이 세상엔
손으로는 결코 열리지 않는
술병도 있다.
입술로 뚜껑을 따서 마셔야만
하는 술
사랑,
입으로 듣는 비밀.

향기

스탠드에
촉촉이 술에 잠겨서
살포시 입술을 내미는 반라(半裸)의 글라스,
술을 마신다는 것은
사랑하는 여인의 향기를 느낀다는 것이다.
한 잔의 칵테일
— 첫사랑의 키스
한 잔의 와인
— 첫 경험의 키스
한 잔의 스카치
— 첫 외도의 키스
아, 그러나 지금 나는 돌아와
투박한 한 조끼의 맥주로 마음을 달랜다.
잊을 뻔했던 아내의 그
아련하면서도 아늑한 체취.

샴페인

찬란하게 빛나는
샹들리에 불빛 아래서나
정원의 눈부신 태양 아래서나
샴페인은 항상
하늘을 향해 터뜨린다.
마개를 열자마자
한꺼번에
속박을 끊고 뛰쳐나오는, 아 저
열렬한 해방의 투사들.
높이 들어라 술잔,
술은 자유의 피,
더 이상 네 입술의 루주가 더렵혀선 안 될
지금 우리는 성찬(聖餐) 중이다.
내 피를 마신 자 이로 하여 너희를
자유롭게 하리라.
높이 들어라. 한 잔의 글라스.

빈 가슴

본능으로 달아오른 피와 달콤한 관능 그리고
적당한 자극이 섞이면 그뿐,
가슴 설레며 기다려야 할 또 그 무엇이 있다더냐.
자판기에 동전을 넣고
한 잔의 커피를 뽑아 마신다.
한순간,
짜릿하게 빈 가슴을 적시는
커피.

러브호텔 쓰레기 수거함에는 유난히
일회용 종이컵이 많다.
입양시설에서
양부모를 기다리는 미혼모의 버려진
아이들처럼

소화기

금방 뛰쳐나갈 자세로
현관에 놓여 있는 소화기,
웅크리고 앉아
소리 없이 노려보는 셰퍼드의
눈빛 같다.

경보가 울리면 입에 하얗게 거품을 물며 지체 없이
달려들 이빨.

카드 빚

알뜰하게 꾸려온 살림인데
아이들 교육도 다 시키고
이제 큰딸은 혼사를 목전에 두고 있는데
이 무슨 과욕인가. 중년에 들어
카지노에 손을 댄 것이 화근
사채에 몰려
내 은행 구좌는 파산이다.

신부전증 판정
태어날 때 어머니가 주신 건강을
시나브로 잃어버리고
내 시간 통장의 잔고는 지금
마이너스다.
장기이식으로
임시변통해서 간신히 막는
카드 빚.

천둥 벼락

지구는 그의 말썽 많은 목장
밤에 일어난 사고에는
우주를 경영하는 신(神)도 당황한다.
반짝!
번갯불로 비쳐보는 축사(畜舍),
우르릉!
그의 혀 차는 소리
땅! 허탈해 복장치는 소리
정녕 기독과 무슬림은 이 지상 끝까지
피를 흘릴 것인가.
무리의 평화를 위해서라면
신(神)은
최후의 순간
거친 싸움소 한 마리를 잡아 이내
칼로 목을 칠 것이다.

걸프 전쟁

땅속 깊숙이
밀폐된 굴 안의 오크 통 속에서
막 숙성된 포도주를 다시 증류시킨 코냑,
내 사랑 멀리 떠나보낸 날
폭음을 한다.

지금
이 지상은
살육과 파괴의 축제,
몇 억 년
지하 수천 미터의 지층 속에서 발효된
몇 갤런의 석유를 유정에서
떠 마시고
어지러워라.
이성의 황홀한 마비,
그 짜릿한 지구의 파멸이여.

꿈

밤하늘에
무수히 반짝이는 별들을 보고 있으면 문득
밤바다에 명멸하는 어선들의 집어등(集魚燈)을
생각게 한다.
심해에서 회유하는 물고기들도
수면의 그 반짝이는 등불들을
별이라 믿지 않을까.
밤에 불빛으로 선단을 이루어
고기잡이에 나선 오징어 채낙선들처럼
하늘의 별들도 하마
우리들을 낚시질할지 모른다.
별 하나 나 하나라 하지 않던가.
우주 밖은 또 다른 우주
꿈 밖은 또 다른 꿈.

번개

깜깜한 우주를 운항하던 지구가
갑자기 털털거렸다.
시커멓게 내쏟는 매연,
동력이 끊겨서인가
본네트를 열고
라이터 불빛을 비치자
— 반짝 —
과열로 퓨즈가 끊겨진 엔진 모터,
깨진 라디에이터에선 철철
냉각수가 터진다.

폭우가 쏟아지는 어느 여름날.

휘슬

한 치의 키라도 높이려는 나무
한 뼘의 땅이라도 넓히려는 풀,
봄부터 시작된 생존경쟁은
리그인지 토너먼트인지
여름의 합종연횡(合縱連衡)을 거쳐 드디어
이 가을
가쁜 숨을 몰아쉬고 있다.
붉으락푸르락
이판사판
뒤집어엎을 것인가.
순간
파울이다. 휘익!
휘슬이 떨어지자
일제히 삭풍에 얼어붙는 이
지상의 욕망들.

기러기 행군

하늘 전광판(電光板)에
문자 뉴스 몇 줄 떠오르며 스쳐간다.
겨울 전선(戰線) 급속히 남하 중,
지나가던 허수아비들이
일제히 멈춰 서서 허공을
바라보고 있다.

기상이변

우주는 미완의
장편 대서사시
빙하기를 지새우면서 간신히 써낸 초고를 두고
신의 여윈 펜 끝은 아직도 떨린다.
군더더기 췌사(贅辭)를 생략하는 산사태,
덧붙이는 화산 폭발,
하나씩 오자를 잡아내는 그
천둥벼락,
봄, 여름, 가을, 겨울,
율격은 그런 대로 부드럽지만
감정에서 이는 밀물과 썰물의 호흡이 너무
단순하다.
한 번쯤 휘몰아쳐야 할 해일,
사건의 전개가 너무 단선적이다.
유라시아판과 환태평양판의 지층을
플래시백으로 바꿔라.
주인공의 성격이 너무 비정적이다.
남극과 북극의 빙하를 녹여라.
아직도 퇴고 중인 우주는 대서사시

홍적기에는 가끔
쉼표를 던진 적도 있지만 신이여
이제 당신의 마침표는
언제 찍겠습니까.

백화난만

대기 오염 탓인가,
날씨가 따뜻해지니
못 견디게 몸이 쓰라린 지구는
이 아침 마침내
붉고 푸른 혈흔을 보였다.
아토피성 피부 질환으로 오는
봄.

4부

김치(2)

김치이고 싶다.
하얀 이밥에
고깃국이라는 말도 있지만
이 나라 산천 구석구석
김치 없는 밥상이 어디 있으랴.

모든 입맛을 포용할 줄 알아 그렇다.
짜고 매운 놈, 싱겁고 맹한 놈,
역한 놈,
어느 하나 구별 없이 한데 거두는
그 사랑.

참고 기다릴 줄 알아 그렇다.
너무 조급해서도 안 된다.
너무 늦되어서도 안 된다.
혹독한 추위를 견디며 홀로 독 안에서
극기할 수 있는
그 예지.

남을 위해 자신을 공양할 줄 알아서 그렇다.
소금에 절이고 고춧가루에 무치고 마늘에
풀 죽여
고스란히 육신을 바칠 수 있는
그 헌신.

김장하는 아내의 손에
파아란 배추 한통 들려 있다.
올 겨울
우리의 가솔들을 먹여 살릴
그 순한 목숨들.

고기는 없어도,
김치 없이는 한 술 밥을 뜨지 못하는
이 나라 어린 백성의 마음인들 또
어디로 가겠느냐.

김치이고 싶다. 진정
김치이고 싶다.

잃어버린 나

버선에 댓님
흰 옥양목 두루마기에 옷고름을 매니
사뭇 조선 사람 같구나.
마루에서 차례를 지내다 문득
마당가 양지바른 돌담 밑 잔설(殘雪)에
시드는 파초를 본다.
남의 땅에서 들여온 화초라지만
조선 파나 죽순이나 난초나
무엇이 다르겠느냐.
껍질을 벗기면 속은 모두 텅 비어 있느니
겉에 파초의 옷을 입혀 파초,
죽순의 옷을 입혀 죽순,
난초의 옷을 입혀 난초일 뿐
내 오늘 설날이라 양복을 벗어던지고
한복으로 갈아입으며
문득 잃어버린 '나'를 생각한다.
그동안 나는 너무
잘못 살아온 것 같구나.

고향은

고향은 누군가 기다려지는,
야트막한 산등성이 있어 고향이다.

그 산등성 너머 흰 연기를 토하고 달리던 하오 두 시
완행열차의 기적이 있어 고향이다.

기적 끊긴 적막한 겨울 오후, 긴 날개의 그림자를 땅 위에 드리우며
하루 종일 하늘을 맴돌다가 사라지던 소리개가 있어 고향이다.

소리개를 쫓아 불현듯 줄을 끊고 산 너머로 달아나버린 연, 그 연을 찾으러
함부로 뛰어다니던 언덕이 있어 고향이다.

머리 희끗희끗
한 번 떠난 고향으로 다시 돌아오는 길은
멀었다.

먼 항구의 불빛과 낯선 거리의 술집과 붉은 벽돌담과 교회당의 뒤뜰을 걸어서
그 언덕에 다시 섰는데
왜 이제는 이다지도 기다릴 사람이 없는가.

고향은 누군가를 기다릴 수 있어
고향이다.

반테러의 시

1. 냉해(冷害)

이른 봄부터
정성스레 퇴비를 주고
마른 가지들을 전지(剪枝)하였다.
열 맞춰 늘어선 능금나무들의
튼실한 열매,
어떤 것은 눈빛 반짝거리고
어떤 것은 빰이 볼그레하고 어떤 것은 또
입술을 생글거린다.
파아란 하늘과 맑은 햇빛 속에서
나요, 나요, 고개를 내밀고 자랑하는
그 귀여운 얼굴들
그러나 세상은 그것만은 아니다.
잔인하게도 오뉴월에 급습한 냉해,
우박에 머리를 맞은 풋과일들은
우수수
지상에 떨어져 뒹군다.
학교마저 공격하는 저 백색(白色)의
21세기 테러

* 2004년 9월 1일 러시아, 북오세티야공화국 베슬란의 한 초등학교에서 이슬람 과격 집단이 학생들을 인질로 붙잡고 52시간을 버티다가 정부군에 의해 진압되었는데, 이 과정에서 대부분이 초등학생인 1,000여 명이 사상을 입었다.

2. 신(神)들의 바둑

욕망 충족의 시대
사랑이 추방된 지구는 이제
자본이 세계를 지배하게 되었다.
문명은 인간의 비육(肥肉),
— 저 수많은 뚱보들을 보아라.
문화는 즐거운 카니발리즘,
— 저 왕성한 식욕을 보아라
잘 정돈된 자신의 영지를 내려다보면서
신은 하늘에서 바둑을 두고 계신다.
오늘은 알라가 기독(基督)을 초청한 날
아메리카 목장의 살찐 가축들을 도살해

바비큐한 안주로
사막의 유정에서 막 길어 올린 독주를 권하며
알라는 기독의 집안에 슬쩍
호구를 친다.
그 답례로
기독도 알라를 초대해 곧
잔치를 벌일 것이다.
신과 신이 겨루는 그 끝없는 승부수.

* 오사마 빈 라덴이 이끄는 테러조직 알카에다는 2001년 9월 11일 미국에서 항공기를 납치하여 뉴욕의 110층 쌍둥이 무역센터 건물과 워싱턴 국방부 청사를 들이받아 2,900여 명의 사망 및 실종자를 냈다.

3. 방화(放火)

신을 만나러 가는 자는

예부터 별의 인도를 받았다.
그러나
지상에 떨어진 별들이
장군의 어깨에
우상의 이마에 자리 잡은 후
어둠을 밝히는 건 오직 석유뿐이다.
동방박사의 땅에서
치솟는 저 불기둥,
보아라 세상은 얼마나 찬란하고 아름다운가.
그러나 누군가 몰래
훔치다가 엎지른 사막의 유정(油井),
불이야, 활활
온 지구에 불길이 번진다.
신이 없는 이 세상에서
프로메테우스여 너는 누굴 위해 이제
불을 밝히려는가.

*9 · 11 미국 테러사건 이후 부시 미국 대통령은 2001년 1월 이라크, 북한 등을 악의 축으로 규정했다. 그리고 이라크의 WMD(대량살상무기)를 파괴하고 테러의 배후세력을 척결한다는 명분 아래, 2003년 3월 20일 바그다드를 침공, 이라크를 점령한 후 후세인 정권을 붕괴시켰다.

4. 제초제

오직 한 가지 미지칭이 있을 뿐
이념에는 고유명사가 없다.
논에 가득히 자라는 벼 포기처럼……
그러나 꽃밭의 달리아, 분꽃, 봉숭아, 백일홍……
사물이 자신들의 이름을 갖는다는 건
비로소 하나의 존재가 된다는 것이 아니던가.
사랑을 잃은 자
이름을 부를 줄 모르는 법,
다만 그 하나에 속할 수 없다는 이유에서
꽃밭에 제초제를 뿌린다.

착한 마음씨의 제화공 로드리고,
성실하고 소심한 우체부 도밍고,
발랄하고 깜찍한 여대생 이사벨,
점잖고 말수 적은 회사원 페르난도,
아, 한순간에 사라진 아또차 역의 그
아름다운 고유명사들.

* 2004년 4월 5일 스페인 마드리드 시의 아또차 역에서 사망자 196명, 부상자 1,460명을 내는 큰 테러사건이 발발하였다. 스페인 정부는 이 테러조직을 바스크 분리주의자로 규정했으나, 며칠 후 아랍 테러조직 알 카에다는 범아랍계 신문「알 쿠드스」와「알 아라비」를 통해 스페인의 이라크 파병에 대한 보복 차원에서 자신들이 저지른 사건이라고 주장하였다.

5. 사막의 장미

기후도 토양도 모른다.

담도 울타리도 모른다.
다만 황무지를 일궈 꽃길 내려고
스스로 사막에 뿌리를 내린
장미 한 그루,
누구의 잔인한 칼날인가.
어느 열사(熱砂)의 여름
모래 폭풍이 휩쓸며 목을 잘랐다.
대추야자가 아니어서일까.
그러나 우리는 알아야 한다.
우러를 푸른 하늘이 있는 한
사막에도 장미는 피어야 한다는 것을,
대가 잘린 장미는 더욱더 푸르러진다는 것을,
증오는 아무것도 이루어낼 수
없다는 것을.

* 바그다드에서 미국 군수물자를 조달하는 가나 회사의 사원 한국인 김선일은 2004년 6월 17일 테러집단 알 카르자위에게 피랍되었다. 그 뒤 6월 23일 그의 시신이 바그다드 근교에서 발견됨으로

써 참수되었음이 확인되었다. 이 집단은 곧 김선일의 참수현장을 아랍 텔레비전 방송국 알 자지라를 통해 전 세계에 공개하였다

사랑

세상 사는 일이 무엇이던가
우주는 자연을 기르고, 자연은 생명을 기르고,
생명은 사랑을 기르고,
사랑은 또 우주를 기르나니
저 무심한 바위도 홀로
이끼를 기르지 않던가.
혹독한 추위를 견디며 바위가
금가지 않으려, 깨지지 않으려 버티는 이유도 실은
여기에 있을 것,
억만 년 지구를 감싸 안고 도는
태양의 사랑이여.

참대

발가벗긴 채 땅 위에 엎드려
나무들은
지상의 눈보라에 떨고 있지만
추울수록 더 곧고 푸르게 하늘을 받드는
참대를 보아라.
폭력에 반동해서 곧추서는 힘,
참대는
스스로 휘어질 줄을 안다.
욕심에 초연해서 자유로운 마음,
참대는
자신을 비울 줄 안다.
추위에 견디면서 나누는 체온,
참대는
더불어 이웃과 살 줄을 안다.
겨울에 나무들은
하얗게 하얗게 얼어 있지만
추울수록 더 곧고 푸르른 목숨,
참대를 보아라.

이데올로기

미끄러져 죽는다는 것은
절벽에서만 일어나는 사고는 아니다.
평지에서도 실족해
일으키는 뇌진탕.
겨울 어느 날
눈은 내려 내려서 쌓여
소리 없이
지상의 물상들을 하나씩 지우는데
누가 일러 그것을 다만
순수무구(純粹無垢)라고 하던가.
그대는 아직 모른다.
한가지로 하얗게 하얗게 얼어붙은 눈길을, 그
미끄러운 빙판을.

동화

갈대는 오직
물가에서만 자란다.
온종일 물과 더불어
물살 찰랑이면 함께 찰랑이고
물결 사운대면 함께 사운대는
갈대는
가도 가도 하늘은 너무 멀어
쑥쑥 키가 크는 느릅나무로도 갈 수 없어
한마음 푸르른 소나무로도 갈 수 없어
차라리 별 하나 물에 띄우고
한 생을 꿈꾸며 살았다.
그러나 별은
막막한 하늘에서만 반짝이는 것
어느 겨울 눈 내리는 날,
이제 수면의 별들 소리 없이 사라진 뒤
노년의 갈대는 소리 없이 울었다.
비련으로 끝난 불란서 영화의 주인공처럼
하얗게 지워진 자막을 앞에 두고
홀로

울음을 삼켰다.

일월상순(一月上旬)

새 수첩에
같은 이름과 전화번호와 주소를
적어 넣는다.
다만 다른 것은
제외된 자의 가득 찬 공간과
선택된 자의 빈
여백,
에 이름을 다시 적어 넣는다는 것은
다시 시작한다는 것.
일월상순,
눈 내려 온 세상 하얗게 하얗게
지우는 날,
새 수첩에 같은 이름과 전화번호와
주소를 적어 넣는다는 것은
잊었던 이름들을 불러본다는 것,
같은 이름이지만
다시 한 번 불러줌으로
살아 있는 그
의미.

컵라면

사랑하는 것은 깨질 수 있지만
좋아하는 것은 다만
버려질 뿐이다.
파경(破鏡)이라는 말도 있지 않던가.
그러나
10년 외길의 직장도
잘리면 버려진다.
성서(聖書)엔
아내 대하기를 깨진 그릇처럼 하라 했지만
오늘의 식기는 대부분 일회용 종이컵,
순간의 뜨거운 물만 있다면
오늘의 우리들은 누구나
즐기는 컵라면이다.

먹을 갈며

진해서도 안 된다.
묽어서도 안 된다.
먹으로 곱게 벼려서 적당히
까맣게 된 물,
붓에 함빡 찍어
한 줄의 인생을 가다듬는다.
일필휘지(一筆揮之)
내려 갈기는 초서(草書)도 많지만
나의 서체는 한지에 또박또박 쓴
해서(楷書),
쓰고 보니 허사(虛辭)가 많고
오자(誤字)도 적지 않다.
도서(圖署)를 찍기엔 아직 실패작
필봉(筆鋒)이 무뎌서가 아니다.
운필(運筆)이 막돼서가 아니다.
애초에 꿇고 앉아 제대로 갈고 닦지 못한
심안(心眼),
연적(硯滴)의 갇힌 이성과
먹의 투박한 감성과

벼루의 게으른 육신과……

슬픔

내 가슴 안에서는
쉬임 없이 맥박이 뛴다.
불에 달궈진 시우쇠를
힘차게 두드리는 대장장이의
망치 소리와
찬물에 담금질하는 그 거친 소리,
무엇을 만들고 있을까,
사랑일지 몰라,
혹시 미움일지도……
그러므로 없어서는 안 될 것 또한 슬픔일지니
인생 역시
눈물의 담금질로 정련할 무쇠이기
때문이다.
내 가슴 안에 오늘도
쉬임 없이 두들기는 대장장이의
망치 소리.

| 시인 산문 |

의미와 무의미

『성서』에 이르기를 태초에 하느님께서 '말씀'으로 천지를 창조하셨다고 한다. 이 말을 곧이곧대로 해석하자면 본디 이 세상에는 아무것도 없었는데 — 이러한 관점에서는 물론 세상조차도 없었을 것이다 — 하느님께서 "하늘이 있어라" 하니 없는 하늘이 갑자기 생겨났다는 뜻이다. 기독교 신학에 대해 잘 모르는 나로서는 아마도 이 같은 해석이 최소한 일선 목회에서 기독교의 공식적인 입장이 아닐까 생각한다. 그러나 과연 그런 것일까.

"하늘이 있어라" 하는 말로 없는 하늘이 갑자기 생겨났다면 우리는 무엇보다 먼저 왜 하느님은 이 세상을 '손'으로 만들지 않고 '말'로 만들었을까 하는 의문에 부딪힌다. 하느님께서는 당신의 형상을 본떠 인간을 지으셨다 했는데 인간이란 무엇이든 결코 말로 만들지는 않기 때문이다. 인간은 말이 아니라 손으로 물건을 만든다. 예컨대 손을 사용하여 목재를 가다듬거나 못질해서

가구를 만든다. 따라서 인간이 손을 사용하여 물건을 만든다면 그 원형이라 할 하느님도 이 세상을 손으로 만드셨어야 당연하다. 그러나 『성서』에는 분명 손이 아니라 말씀으로 이 세상을 만드셨다고 했으니 이 무슨 뜻일까. 한마디로 그 천지 창조를 가능케 한 '말씀'이라는 것이 지금 우리가 이해하고 있는 바와 같은 상식적 혹은 일상적인 뜻의 말이 아니라는 것을 알 수 있다.

우리말 「창세기」 1장 1절에 나오는 '말씀'이라는 단어는 헬라어 『성서』의 'logos'를 번역한 것이다. 원래 그리스어에서 '말'을 가리키는 단어로는 'logos', 'epos', 'diegesis', 'mythos', 'mimesis' 등이 있고 각 단어는 함축한 뜻이 심오하므로 짧은 지면에서 이를 자세하게 언급할 수는 없다. 그러나 고대 그리스인들이 '말씀'을 이렇듯 여러 가지 단어로 구분하여 사용했다는 것 한 가지만을 놓고 보아도, 『성서』의 이 'logos' 역시 최소한 우리 한국인들이 상식적인 뜻으로 사용하고 있는 '말'과 매우 다르리라는 것만큼은 짐작할 수 있을 것이다. 그렇다. 『성서』에서 "태초에 하느님께서 말씀으로 천지를 창조하셨다"고 할 때 말씀의 뜻은, 하느님께서 "하늘이 있어라" 하시니 지금까지 없었던 하늘이 불쑥 생겨났다는 뜻은 아니다. 만일 그런 뜻으로 『성서』의 이 구절을 해석한다면, 우리 그것을 하느님은 말씀이 아니라 손으로 뚝

딱 세상을 만드셨다는 말로 고쳐 쓰는 것이 더 자연스러울 것이다.

그럼에도 『성서』에서는 하느님께서 '말씀'으로 천지를 창조하셨다 했으니 이때의 이 '말씀'이란 무엇일까. 그것은 우리가 일상생활에서 사용하는 말이 아닌 다른 어떤 말, 즉 어떤 신비스러운 언어를 지칭한 것이었을 것이다. 여기서는 언어철학적으로 두 가지 유형의 언어가 문제가 된다. 일상의 언어와 존재의 언어가 그것이다. 그리고 결론부터 말하자면 이때 '어떤 신비스러운 언어', 즉 '천지 창조의 언어'란 바로 후자를 가리키는 말이라 할 수 있다. 이에 대해서 일상의 언어는 물론 우리가 상식적으로 이해하고 있듯 사상과 감정을 전달하는 도구로서 언어이며, 존재의 언어란 이 세계를 창조하는 언어다. 그렇다면 이 '존재의 언어'는 어떻게 천지 창조의 언어가 될 수 있는가. 이는 다음과 같이 설명할 수 있다.

원래 천지 창조란 문자 그대로 아무것도 없는 것, 즉 무(無)에서 무엇인가를 만들어낸다는 뜻이 아니다. 언어란 존재하는 사물들의 이름이니, '무'라는 단어가 있다면 '무'라고 불리는 실재 대상이 있을 수밖에 없기 때문이다. 즉 '무'라 불릴 수 있는 어떤 것이 있는 까닭에 '무'라는 단어가 있다. 그런데 『성서』에서는 분명 아무것도 없는 상태, 즉 '무'에서 '말씀'으로 천지를 창조하셨다고 했으니 그 같은 관점에서는 이 세상에 이미 '무'의 대상이 되는 어떤 것들, 즉 '무'라 불리는 어떤 것들이 있을 수밖에 없다. 있기는 있되 다만 존재 혹은 의미가 없었을 따름이다. 그렇다면 단순히 '있다'는 것과 '존재한다'는 것은 어떻게 다른 것인가.

단순히 있다는 것은 한마디로 이 세상 모든 것이 개별자로서 정체성 혹은 변별성을 지니지 못한 채 뒤죽박죽되어 있다는 뜻이다. 그것은 나와 너 혹은 주관과 객관의 구별이 없는 상태, 예컨대 하늘과 땅, 밤과 낮, 바다와 육지, 무생물과 생물, 동물과 식물, 꽃과 사람…… 등이 구분되지 않아 그 무엇이라 부를 수 없는 세계다. 그러므로 그것은 설령 있다 하더라도 없는 것이나 마찬가지의 어떤 것, 즉 존재 이전의 세계라 할 수 있다. 우리는 그것을 신화 의미론에서 '혼돈(chaos)'이라 부른다. 이에 반해 존재한다는 것은 혼돈 상태에 있는 어떤 것들이 하나의 존재로서 의미를 획득하여 그 자신의 정체성과 변별성을 지니게 됨을 가리키는 말이다. 예컨대 아무것도 아닌 것이 아니라 이제 하나의 꽃, 하나의 별, 하나의 사람, 한 마리의 사자가 된 상태다. 우리는 이와 같은 존재의 세계를 또한 '코스모스(cosmos)'라 부른다.

그러므로 천지 창조란 아무것도 없는 상태에서 어떤

것을 만든다는 뜻이 아니라 — 아무것도 없다 하더라도 최소한 '신'은 있을 터이니 앞에서 지적한 바와 같이 '아무것도 없음' 그러니까 '아무것도 없다는 말'조차 없는 어떤 상태란 종교적인 의미에서도 있을 수 없다 — 카오스의 세계에서 코스모스의 세계를 만든다는 뜻이다. 이 세상 그 어떤 민족 신화도 아무것도 없는 상태에서 무엇을 만들어냈다는 이야기가 없는 것 또한 이 때문이다. 가령 혼돈이 있었다든지(그리스 신화), 하늘에 환인이 있었다든지(한국의 신화), 하여튼 무언가 있었는데 그로부터 이 세상이 만들어졌다는 식이다.

그렇다면 이처럼 카오스에서 코스모스로의 이행이자 단순히 '있는 것'에서 '존재하는 것'으로의 전환, 달리 말해 천지 창조는 어떻게 가능한 것일까. 두말할 것 없이 그것은 언어 덕분이다. 즉 언어가 이 같은 천지 창조를 가능케 하는 것이다. 앞에서 살핀 바와 같이 단순히 있는 상태란 나와 너의 구분이 없는 상태인데, 이때 누군가 무엇이라고 이름을 불러주면 불려진 대상은 그 불려진 이름에 의하여 이름으로 불려지지 않은 어떤 것 혹은 다른 이름으로 불려진 것과 구분되어 자신의 존재성을 갖게 되기 때문이다. 예컨대 태초에 이름이 없이 다른 것들에 묻혀 혼돈상태에 있는 어떤 것에게 누군가 그것을 '꽃'이라고 불러주면 이 '꽃'으로 불려진 것은 이제 다른 것들—가령 나무나 풀이나 혹은 아직 이름이 없어서 아무것도 아닌 어떤 것들—과 구분되어 하나의 독립된 존재가 된다. 기호론에서는 언어가 갖는 이 같은 변별적 기능을 분절(articulation)이라고 한다.

백제시대에는 그 아무것도 '플루토늄'이라는 말로 불려지는 것이 없었으므로 플루토늄이 없었다. 그러나 오늘날 우리가 그것을 '플루토늄'이라고 불러주니까 드디어 그것은 플루토늄이라는 하나의 존재로 우리 앞에 있는 것이다. 물론 백제 시대에도 오늘날 플루토늄이라고 불려지는 어떤 물질이 없었던 것은 아니다. 그러나 그때의 그것, 즉 이름이 없는 것으로서의 그것은 단순히 있는 상태였지 존재하는 상태는 아니었다. 이처럼 언어는 아무것도 없는 것, 따라서 없는 것이나 마찬가지인 것을 하나의 존재의 상태로 끌어올린다. 카오스에서 코스모스로의 전환, 즉 천지 창조란 바로 이를 가리키는 말이다. 그러한 의미에서 하느님이 말씀으로 천지를 창조하셨다는『성서』의 기록은 옳다.

천지간 수없는 두두물물의 창조란 수없는 언어의 부름이라 할 수 있다. 우리는 이렇듯 언어화 과정을 통해 원초적인 상태에서 현실적인 것에 이르기까지 이 세계의 모든 사물들이 순차적으로 창조되는 예를 그리스 신화에서 볼 수 있다. 예컨대 태초에 혼돈이 있었다. 그런데 이 혼돈은 먼저 우라노스와 가이아라는 언어의 분별에 의해 하늘(=시간)과 땅(=공간)을 탄생시키고 다시 우라노스는 밤과 낮이라는 언어로, 가이아는 육지와 바다라는 언어로 분화되어 그 각자를 존재하게 만들며, 그 각각은 또다시 저차원의 분화 과정을 꾸준히 되풀이함으로써 오늘날 수십만의 언어로 불려지는 수십만의 창조물들을 만들어냈다는 식이다. 이렇듯 언어에는 이 세계를 창조하는 언어 즉 존재의 언어와, 단순히 의미—사상과 감정—를 전달하는 수단으로서 언어 즉 일상의 언어가 있다. 그리고 이 중 존재의 언어가 바로 시의 언어라는 것은 두말할 필요가 없다.

시인은 우리가 살고 있는 일상세계를 아무런 의미나 존재성을 지니지 못한 하나의 혼돈으로 본다. 그리하여 시인은 마치 태초에 신이 혼돈의 세계에 언어를 던져 카오스의 세계를 창조했듯, 일상 세계의 모든 것들에게 새 이름을 부여함으로써 그것을 새로운 존재로 거듭나게 하려 한다. 이와 같은 행위는 분명 새롭고 진정한 의미의 세계 창조라 할 수 있는 것인바, 태초에 신이 말씀으로 천지를 창조한 행위와 다름없는 것이다. 태초에 말씀으로 세계를 창조하신 신도 사실은 시인이었던 셈이다. 시인의 시 쓰기를 감히 하느님만이 할 수 있는 창조 행위, 즉 창작이라 규정하는 까닭도 여기에 있다. 이렇듯 시인의 시작 행위는 세계를 창조하는 행위며, 이 세계를 창조하는 행위란 사물의 존재성을 드러내 밝히는 행위며, 존재성을 드러내 밝히는 행위는 궁극적으로 이 세계의 의미를 창조하는 행위라 할 수 있다. 존재란 곧 의미 부여를 뜻하기 때문이다. 이 세상 어느 것도 의미 없는 존재는 없는 것이다.

어떤 시인은 — 이미 하이데거가 일반화한 — 시론의 이와 같은 기초적 명제를 슬쩍 '꽃'이라는 소재로 바꿔치기해 마치 자신의 독창적인 상상력의 형상화나 된 듯 "내가 그의 이름을 불러주기 전에는 다만 하나의 몸짓에 지나지 않았는데" "내가 그의 이름을 불러주니까 그것은 내게 잊혀지지 않는 하나의 의미가 된다"고 말한 적이 있다. 그럼에도 그가 그 후 지난 몇 세대 동안 시를 의미 없는 말장난의 언어유희, 그의 술어에 따를 것 같으면 언필칭 '무의미'의 언어를 운위하며 우리 시단을 그야말로 무의미(nonsense)에 빠트린 것은 하나의 해프닝이라 하지 않을 수 없다. 하물며 그가 즐겨 쓴 이른바 무의미시(nonsense poetry)라는 개념이 유럽 문학의 한 공인된 장르 명칭이고, '무의미'라는 것 자체가 80여 년 전 쉬르레알리슴의 이른바 '무의식'이라는 용어의 위장 재탕임에 있어서랴. 도대체 세상을 무의미하게 만든다는 것이 인간발전에 무슨 기여를 할 것인가. 설령 '병든 일상어로부터의 해방'이라는 기치를 들고 이를 합리화하는 경우라도 이는 마찬가지일 터이다. 병든 사람은 약을 먹여 살려야 할 일이지 죽이는 것이 어디 바람직한 일이겠는가.